DEUXIÈME

VENDÉENNE

ADRESSÉE

à M. le comte de Villèle,

PAR J. P. GAVAND (DE LYON).

Entends-tu répéter par ce peuple fidèle :
Au lieu de notre Foy.... dieu ! si c'étoit Villèle...!!!
DEUXIÈME VENDÉENNE.

PARIS.

TOUS LES MARCHANDS DE NOUVEAUTÉS.

DÉCEMBRE 1825.

DEUXIÈME VENDÉENNE.

Tous les exemplaires qui ne porteront point la signature de l'Auteur, seront réputés contrefaits.

LE NORMANT FILS IMPRIMEUR DU ROI,
RUE DE SEINE, n° 8, F. S. G.

DEUXIÈME

VENDÉENNE

ADRESSÉE

à M. le comte de Villèle,

PAR J. P. GAVAND (DE LYON).

Le plus noir sacrilége est dans l'hypocrisie.....!!!
DEUXIÈME VENDÉENNE.

PARIS.

TOUS LES MARCHANDS DE NOUVEAUTÉS.

DÉCEMBRE 1825.

DEUXIÈME

VENDÉENNE.

Trop fameux petit-fils d'un marchand de charbons,
Par la jauge ennobli, chamarré de cordons,
Naguère tu disais : Mon argent, mon armée;
Un peuple de géants, sous le joug d'un pygmée,
Maudissant ta naissance et le funeste jour
Où tu fus appelé de la Chambre à la Cour,
Te poursuivra long-temps des clameurs de sa haine,
En bénissant son Roi d'avoir brisé sa chaîne.
Qu'as-tu fait du crédit, qu'as-tu fait du trésor,
De nos jeunes lauriers plus précieux que l'or ?

Ta décevante main flétrit ce qu'elle touche,

Jamais le bien public ne fit parler ta bouche ;

Abusant des succès de tes prédécesseurs,

Tu perdis tout le fruit de leurs sages labeurs ;

D'abord, t'environnant de lâches prosélytes,

Tu crus avec l'appui de tes cosmopolites,

D'un faux remboursement menaçant les rentiers,

Prolonger tes excès pendant sept ans entiers :

Notre Chambre des Pairs devina ta pensée,

Ton étoile pâlit, elle s'est éclipsée :

Ta disgrâce aurait dû marquer le jour heureux

Qu'émana du scrutin cet arrêt généreux.

Un bon Roi termina son auguste carrière,

CHARLES DIX te permit, par respect pour son frère,

De dénouer un drame alors trop avancé,

Pour rompre avec tes juifs un concordat passé.

Que ne saisissais-tu la lumineuse idée

Des Roy, des Mollien sur l'épargne fondée,

Au lieu de recourir à des moyens honteux,

Pour faire triompher ton projet désastreux ?

La France envers ses Rois, toujours docile et tendre,

A la raison d'Etat toujours prête à se rendre,

Honorant le pouvoir à tes mains confié,

Au maintien de la paix eût tout sacrifié :

Voyant avec dépit ta ruse découverte,

Tu voulus te venger en conspirant sa perte :

Ton projet réussit au-delà de tes vœux,

Tout chancelle avec toi, le désordre est affreux :

Entends-tu répéter par ce peuple fidèle :

Au lieu de notre Foy...... Dieu ! si c'était Villèle...!!!

Quel éloge en un vers ! tu l'as bien mérité :

Il est franc et loyal, il ne t'a rien coûté.

Comment guérir le mal ? en en créant un pire :

On ne gasconne plus ainsi tout un empire ;

Il faut un terme à tout, cesse de résister,

Précipite ta chute, au lieu de l'arrêter,

Avant qu'un successeur n'ait redoublé tes transes,

En faisant constater l'état de nos finances.

Le moniteur gascon avait beau publier,

Que tu voulais passer le mois de février :

Tous les quatre et demi convertis en septembre,

N'ont pu te soutenir jusqu'au trente-un décembre ;

Et malgré le renfort de ministres d'État,

Ta sentence d'exil aura tout son éclat :

On sait que Charles Dix, en Roi prudent et sage,

Depuis le douze avril t'a gardé comme otage.

Mais laissons décider au juge impartial

Si le bien que tu fis a compensé le mal.
A l'ancien favori tes nocturnes visites ,
Pour tous ses remplaçans tes bontés parasites ,
Ne furent qu'un moyen de mieux en triompher :
Tu ne les embrassas que pour les étouffer !
En te nommant le chef , le roi de la clôture ,
Perrier nous signala ton idole future ;
Son esprit clairvoyant exprima dans ce cas
Un oracle plus sûr que celui de Calchas !
Ton entrée au Conseil fut trop bien accueillie ,
Quelques uns t'appelaient sauveur de la patrie :
La loi du provisoire avait des ennemis ,
Toi-même en l'attaquant tu t'étais compromis ;
Tu jugeas ce moment propice à la curée ,
Dans tes deux sessions de si courte durée ,
Par la docilité de tes nouveaux sujets ,
Tu sus en moins d'un an emporter deux budgets.
Te diras-tu l'auteur de la guerre d'Espagne ?
Montmorency voulait qu'on ouvrît la campagne ;
Tu lui fermas la bouche , et sa démission
Fut le dernier degré de ton ambition :
Les libéraux trompés par ton hypocrisie ,
Croyaient qu'avec Mina tu liais la partie ;
Chateaubriand parut , son foudroyant discours

De tes lâches lenteurs enfin borna le cours :
Sans toi, Ferdinand Sept plus calme et moins sévère,
Écoutant de Louis le conseil salutaire,
Aurait exécuté le décret d'Andujar,
Et l'on eût démasqué les protecteurs d'Ouvrard.....
La loi d'indemnité fut-elle ton ouvrage ?
Du héros de Wagram, c'est le noble apanage ;
Guerrier inamovible au poste de l'honneur,
Il offrit ce tribut aux enfans du malheur.
La Bourdonnaye aussi prit l'initiative ;
Sa proposition, jugée intempestive
Par tes grands clôturiers, dans un moment d'accès
Tu te l'approprias comme un nouveau succès !
Ta popularité fut encore éphémère,
Roy, Sanlot-Baguenault, Berthier, La Lésardière
Cherchant à l'épurer par leurs amendemens,
Tu les repoussas tous par tes emportemens :
Sous le règne odieux du pouvoir despotique,
Jamais on n'employa plus brutale logique :
« Telle qu'elle est, Messieurs, entérinez ma loi,
» Sinon je la reprends, j'en ai l'ordre du Roi ;
» Votez tout à la fois l'indemnité, la rente ! »
C'est ainsi qu'on triomphe en semant l'épouvante ;
Tout le monde trembla pour le pauvre émigré,

Ton projet favori dès lors fut consacré :

A l'exécution j'attendais ton génie,

C'est là qu'on voit pâlir l'homme de théorie :

A quoi bon les secours des suppôts du report ?

Il a fallu venir faire naufrage au port.....

Atteint et convaincu d'amour pour la clôture,

Ne pouvant plus cacher ton goût pour la censure,

Ton jeune procureur acheta sept journaux,

Par de honteux procès sonda les tribunaux ;

Nous devons à l'essai de sa folle arrogance

Le salut de la presse et celui de la France :

Villèle, réponds-moi, loin de t'humilier,

Saisis mon argument pour te justifier ;

Oppose-moi mes vers, dis avec assurance

Que la corruption produit l'indépendance.

Écoute ces arrêts, cet éloquent barreau

Rendre hommage aux vertus d'un second d'Aguesseau ;

Vois au bruit des sifflets, tes claqueurs politiques,

Imiter trait pour trait les claqueurs dramatiques,

Tremblant de s'exposer à des coups redoutés,

Se rencontrer partout fuyant épouvantés.....

Saint-Domingue-Haïti cesse d'être rebelle,

Boyer est tout confus d'une faveur si belle ;

Qu'a-t-il à desirer ? Par la main d'un colon,

Il voit légitimer son usurpation !
En termes bien pompeux fais son apologie,
Défends-lui d'aborder toute autre colonie ;
Tu n'empêcheras pas que l'esclave africain
Ne déserte en secret à ce républicain.
Que ne demandais-tu pour le propriétaire,
Comme pour l'émigré l'indemnité plénière ?
Quelle gloire pour toi, quel pur ravissement
De voir du blanc au noir passer le trois pour cent !
Sans lui, rival heureux des fonds de l'Angleterre,
Notre cinq élevé dans la paix, dans la guerre,
Avec les millions de l'amortissement,
Restait dans son beau fixe à tout événement.

Mais tu n'as pas fait seul tant de bien à la France ;
Tes commis auront part à sa reconnaissance,
Jamais délassement ne vint plus à propos,
Plus le travail fut grand, plus doux est le repos :
Attachés à ton char, sans violer le pacte,
Rare et sublime effet de l'unité compacte ;
Le dissolvant Corbière en conflits moins hardi
Lira ses Elzévirs au château d'Amandy ;
Son protégé Bérard, assisté de sa troupe,
Pour le désennuyer, ira manger sa soupe ;

Plus galant et plus vert le tendre Floricour

Aux princesses de Corse ira jouer l'amour;

Le héros des - héros, ce grand foudre de guerre,

Qui vit mourir d'Arbelle au bruit de son tonnerre,

Rêvant au roi Joseph, pourra se consoler

De n'avoir plus de camp, pour y caracoler;

Le chaste Peyronnet te laissant à Toulouse,

Ira tout radieux rejoindre son épouse;

Le grand marin Chabrol avec des porteurs d'eau,

Dans l'Auvergne pourra fonder un port nouveau :

Nous verrons remplacer par les braves Franville,

Dans le conseil d'État les marquis Sottenville.

N'emmèneras-tu pas ce noble plébéien,

Trouvant qu'on produit trop, lui qui ne produit rien?

Plus de direction des étalons des ânes!

Le savant de Saint-Cricq reprendra ses douanes.

Dis adieu sans regret à ce vaste balcon,

Où l'on n'a jamais vu ton visage gascon;

Fuis ce paratonnerre et ces lampes funèbres,

Ornemens du palais de l'ange des ténèbres.....!!!

Je suis loin d'accuser de trop faibles amis

Des actes isolés qui t'ont seul compromis;

Je sais que la plupart, tremblant de te déplaire,

N'ont à se reprocher que d'avoir laissé faire :

D'un chevalier français, la noble fermeté
Fit que La Bourdonnaye obtint la vérité
Sur l'intendant chargé, sous tes loyaux auspices,
De liquider les droits de ses propres complices :
Ce précieux aveu décidant de ton sort,
Pour ton ambition sera le coup de mort ;
Quoiqu'il eût retenti jusqu'au bout de la France,
Tu n'en pus immoler l'auteur à ta vengeance.
Ce n'est point encor là ton grand crime à mes yeux,
Le plus flagrant de tous et le plus monstrueux,
Fut de substituer au plus pur royalisme,
De la corruption l'affreux carbonarisme :
Nos rangs sont moins nombreux, mais ils sont plus serrés ;
Les Bourbons ont aussi leurs bataillons sacrés !
Tes transfuges vendus ne savent point combattre,
L'aspect de nos drapeaux suffit pour les abattre :
Du côté du vainqueur accourant se ranger,
Ils te délaisseront au moment du danger :
Jamais leurs fronts courbés sous tes fourches dorées,
Ne reviendront souiller nos lignes épurées........
Puisse un bon repentir bientôt leur enlever
Les stigmates hideux qu'ils t'ont laissé graver....!!!

Paganisme des Cours, tes idoles impures,

Sont un objet d'horreur pour les races futures ;

Dans ton culte infernal pourquoi rassembles-tu

Le cortége du vice autour de la vertu ?

Combien de souverains, jouets d'une intrigante,

Accablent de faveurs la tourbe dévorante

De ses vils protégés, détestables flatteurs,

De nos calamités les plus cruels auteurs !

Un monarque expirant, vaincu par la souffrance,

N'oppose à leurs desseins aucune résistance,

Lègue à son successeur ce dangereux fléau,

Semblant régner encor du fond de son tombeau.....

Charles de Saint-Louis est la vivante image,

Du héros de Cadix, tel sera l'apanage ;

Pour nous faire oublier le joug d'un Concini,

A nos deux Henri-Quatre il faudrait un Sully :

D'un si beau dévoûment les exemples sont rares,

Des grands hommes d'État les siècles sont avares ;

Mais rien de plus fatal qu'un ministre sans foi :

La mort de Mazarin fit connaître un grand Roi....!!!

Nobles Pairs, Députés, soutiens de la couronne,

Fidèles au mandat que la Charte vous donne,

Laisserez-vous gémir la France à vos genoux,

Sans lui rendre la paix qu'elle espère de vous ?

Qu'on cesse de parler des talens d'un ministre,

Desséchant tous les cœurs par son pouvoir sinistre :

Pour se perpétuer dans le suprême rang,

Qu'a-t-il exécuté de si beau, de si grand,

Que plusieurs d'entre vous égalant son génie,

N'eussent beaucoup mieux fait, en servant la patrie ?

Au lieu de deux partis, il en a créé trois !

Qu'est-il, pour se couvrir du manteau de nos Rois ?

Quoi ! ses chaînes de plomb pèseraient sur l'armée,

Un nain à réformer l'aurait centralisée,

L'avide syndicat des Turcarets nouveaux

Ravirait au soldat le prix de ses travaux !.....

Près du trône assemblés, implorez sa justice :

Si quelque successeur devenait son complice,

Que, recevant le prix de sa témérité,

Il perde au même instant votre majorité :

Cet effort généreux aura sa récompense,

Vos enfans deviendront les enfans de la France.....!!!

Ministres des autels d'un Dieu de charité,

Montrez à l'avenir moins de cupidité ;

Frondez par vos discours la vanité païenne,

Par l'exemple prêchez l'humilité chrétienne :

Préférant la candeur des humbles publicains
Aux sépulcres blanchis, le sauveur des humains
Des tartufes du jour prédit l'apostasie :
Le plus noir sacrilége est dans l'hypocrisie.....!!!
Vous prêtâtes serment à l'usurpation,
Le Pape dans Paris sacra Napoléon :
Il est vrai que plus tard, par un zèle sublime,
Vous avez sous ses pas entr'ouvert un abîme ;
Achevez ce qu'alors vous avez commencé,
Effacez doublement les traces du passé ;
Consacrez aux Bourbons vos cœurs brûlant de flammes ;
D'amour pour CHARLES-DIX fanatisez les âmes....!!!

PARIS. — LE NORMANT FILS, IMPRIMEUR DU ROI.

9 782013 030151